Fragmente

Berichte vom Rand der Welt

Bibliografische Information der Deutschen Nationalbibliothek:
Die Deutsche Nationalbibliothek verzeichnet diese Publikation
in der Deutschen Nationalbibliografie; detaillierte bibliografische
Daten sind im Internet über dnb.dnb.de abrufbar.
Herausgeber: Edition Dorettes
https://die-dorettes.de
2. Auflage 2024
© 2022/2024 Sabine-Simmin Rahe
Herstellung und Verlag: BoD – Books on Demand, Norderstedt
ISBN 978-3-75573-351-5

Sabine-Simmin Rahe

Fragmente

Berichte von Rand der Welt

Station

Ein langer trister Flur
mit Neonleuchten.
Gebunden wird,
wer randaliert.

Wir wiegen uns im Tanz
auf dem farbigen Linoleum.
Die Zeit verstreicht schleichend
in diesem Kerker für die Unzivilisierten.

Die trutzigen Mauern aus Waschbeton
bilden ein Refugium
für die, die phantasieren.
Man gibt den Schmetterlingen Zuckerlösung,
damit sie wieder hungrig sind.

Bald schon treibt sie fort
ein lauer Wind,
weil sie die Kinder des Sommers sind.
Man kann sie nicht besitzen.

Sie rieb sich die Augen, die schon Stunden starr auf
den fahl leuchtenden Monitor gerichtet waren und brannten.
Es war Mittag geworden und sie lag hinter den zugezogenen
bodenlangen,blauen Leinenvorhängen im Dämmerlicht unter
der wärmenden Bettdecke, die Beine aufgestellt. Außer dem
Verfassen eines Gedichtes hatte sie heute noch nicht viel zu-
stande gebracht. Aber sie freute sich darüber, dass es regnete
und das stete pochende Klopfen der Tropfen ihre Erinnerungen untermalte. In unzähligen Versen hatte sie die kurze
Begegnung zwischen Hendryk und sich wieder und wieder
heraufbeschworen. Sie wollte keinen der köstlichen Augen-
blicke vergessen und so beschrieb sie unermüdlich, woran sie
sich immer erinnern wollte. Traumgleich war ihr Aufeinan-
dertreffen gewesen. Sie waren sich beide verwirrt in einer geschlossenen Psychiatrie begegnet. Entlang eines öden, langen
Korridors lagen überbelegte Zimmer zwanguntergebrachter
Insassen aller Geschlechter. Als Mann hatte sie ihn zunächst
nicht ernst nehmen wollen, denn er war neunundzwanzig
Jahre jünger. Aber sein Charme und seine innige Zärtlichkeit
waren unwiderstehlich. Spielerisch und tanzend umwarben
sie einander, doch eines Tages war er verschwunden. Da er
kein Telefon besaß, suchte sie im Grossstadtgetümmel nach
Spuren von ihm und hängte dort Handzettel auf, wo er zuletzt gesehen worden war. Trotzdem blieb er verborgen.
Erst ein halbes Jahr später hörte sie, es ginge ihm ganz gut.
Aber wo er war, wußte sie dennoch nicht. Es konnte gut sein,
dass das Strassenpflaster sein Zuhause war. Ihre Begegnung
war so verklärt gewesen, dass sie die Erinnerungen daran,
wie eine Kostbarkeit hütete.
Um einen Anknüpfungspunkt zu finden, hatte

sie nach der Familie geforscht aus der er stammte und eine
Schwester und zwei Brüder gefunden. Aber ein konkretes
Lebenszeichen von ihm selbst konnte sie nicht mehr auf-
spüren. Sie hatte auch jetzt Sehnsucht nach der Gemeinschaft
der Versehrten. Immerhin war die Einsamkeit dort nicht
so bitter, aber sie wußte, dass sie sich von den Strukturen
der Psychiatrie entwöhnen und andere Muster etablieren
mußte. Doch sie schob das alles immer ein Wenig vor sich
her. Sie hoffte, das Regenwetter würde sich noch einige Tage
fortsetzen, denn es paßte besser zu ihrer Stimmung als der
strahlend blaue Maihimmel. Sie fand keinen Anlass zu einer
täglichen Routine und war unzufrieden mit ihrem schweren
Leib. Einzig ihre Tochter verhalf dem Leben zu Glanz, aber sie
wollte sie auch nicht enttäuschen. Sie hatte sich zum Beginn
des Jahres intensiv um Arbeit bemüht und war glücklich als es
ihr im März gelang, eine Stelle anzutreten, dann aber durch-
kreuzte die Seuche ihre Pläne. Nach acht Wochen wurde sie
nicht weiterbeschäftigt.

Wieder war sie ganz auf sich geworfen, nur die
Beschwörungen des Zusammentreffens mit Hendryk in Vers-
form gaben ihrem Alltag Farbe. Sie zwirbelte die Haut an der
Stirn mit drei Fingern zusammen. Von den Fenstern kroch
sie die kühle Luft an. Wie würde er überleben können – der
Vielbegabte ohne Orientierung? Wie schön es wäre, Zeit
mit ihm zu teilen. Verdrossen versuchte sie diese Gedanken
beiseite zu schieben. Gab es nichts anderes, was ihr Leben
füllen konnte? Konnte sie sich nicht erneut selbst erfinden?
Sie dachte nach. Im Frühjahr des vergangenen Jahres, als sie
so attraktiv gewirkt hatte, hatte sie gerade ein Abenteuer

überstanden. Sie war – noch im Winter – zehn Tage mit
Fahrrad, Schiff und Bahn nach Skandinavien gereist. Sie
führte eine geringe Barschaft mit sich, die sie aus dem Verkauf
von Schmuck in einem Edelmetallankauf erworben hatte
und es war allein ihrem Glück zu verdanken, dass ihr nichts
Schlimmes zugestossen war. Sie hatte ein paar frostige Tage
in Kopenhagen verbracht und war dann mit dem Fahrrad
über Fühnen als blinde Passagierin an Bord einer Fähre
nach Deutschland zurückgekehrt. Diese Winterreise war so
verzaubert, wie kräftezehrend gewesen. Als ein Sturm sie bis
auf die Knochen durchnässt hatte, hatte sie sich trockenge-
laufen und im strömenden Regen einer Vollmondnacht ihren
Durst aus Pfützen gelöscht. Sie hatte fortgeworfene Äpfel
aus einem Strassengraben gelesen und sie mit einem Taschen-
messer von faulen Stellen gesäubert, um sich zu stärken. Am
Geburtstag ihres wenige Monate zuvor verstorbenen Onkels
war sie dann in Lübeck eingetroffen und hatte ihre Tante
überrascht. So war sie frisch durchlüftet, aber erschöpft nach
Berlin gekommen und wurde Tage später aus ihrer Wohnung
in die Klinik gebracht, wo man sie aufpäppelte. Mittlerweile
hatte die Gesellschaft schon so viel in sie investiert, dass
sie sich fragte, wie sie das jemals wieder ausgleichen sollte.
Sie versteckte eine Fußspitze unter der anderen, um sie zu
wärmen. Wenn sie also Risiken einging, wurde sie selbst
verlockend, aber sie war dann krank, meinte die Ärzteschaft.
Trotz schlechter Umstände in ihrem Alltag konnte sie mit den
Medikamenten gelassen bleiben und vor allen Dingen nachts
schlafen, aber ihre Herausforderungen bewältigte sie prekär.
Und sie vermied Lebendigkeit zugunsten von Ausgeglichen

heit. Aber die Dämpfung verschaffte ihr auch einen weiteren Erwartungshorizont. Sie ging keine unnötigen Gefahren ein, weil nichts so drängend war, dass sie es nicht fertigbringen zu können schien. Doch schreckliche Albträume straften diese künstlich gewonnene Sorglosigkeit Lügen.

Nun hatte sie sich also, wie Spitzwegs armer Poet unter die Bettdecke verkrochen und versuchte aus ihrem Versteck, einen Plan zu entwickeln, der eine Zukunft gebar. Sie unterschied sich nur noch einen Finger breit von den armen Menschen, die ein paar Strassenzüge weiter ihr Leben auf einer Matratze auf der Strasse unter einem Balkon verbrachten.

Jetzt begann ihre linke Schulter wieder zu schmerzen. Nichts konnte ihr Vergehen und ihr Alter aufhalten und es würde schwierig werden, etwas von dem, was sie aufgebaut hatte, zu halten. Manchmal gelang es ihr zu trauern und das war reinigend, dann gerieten die Dinge in Fluß und sie litt nicht so unter der Verhärtung. Es war die Versteinerung der Gesellschaft, die ihr zu schaffen machte und sie war davon nicht allein betroffen. Es gab keine Antwort auf ihre Fragen. Seit ihre Familie zerbrochen war, erschien ihr die Existenz sinnlos. Sie war dem schlimmsten Schock begegnet, der ihr hatte begegnen können und doch war der zärtliche Glanz der Begegnung mit Hendryk um vieles glücklicher und rauschhafter gewesen, als die stille Geborgenheit der vertrauten Jahre ihrer gescheiterten Ehe. Sie stand auf und zog sich etwas über, um in dem Briefkasten nach Post zu sehen. Sie fand eine Mahnung des Gasanbieters und einen Antrag auf Krankengeld,

da sie arbeitsunfähig durch ihre schmerzenden Schultern
war. Sie besah sich das Formular ohne es recht zu verstehen
und legte es wieder beiseite. Dann ging sie in die Küche aß
die letzte Tomate, entkleidete sich wieder und kehrte an ihren
Platz unter der Bettdecke zurück. Heute hatte sie ein Gedicht
und den Anfang einer Erzählung geschaffen. Sie war jetzt die
Protagonistin in ihrer eigenen Geschichte. Sie machte eine
kleine Pause und durchstreifte das Internet. Der Anruf einer
Arbeitsvermittlung gab ihr Hoffnung. Sie konnte nicht ewig
nur aus sich selbst und ihren Erinnerungen schöpfen. Sie
brauchte Zukunft. Woher die kommen sollte, das konnte sie
nicht beantworten, aber es keimte immer wieder Zuversicht
in ihr auf. Gleichzeitig befiel sie ein schlechtes Gewissen. Wie
konnte sie so lebenshungrig sein? Aber sie war nicht nur für
sich allein hungrig, sie wollte auch ihrer Tochter eine Perspek-
tive zur Krisenbewältigung mitgeben.

    Sie traf eine Freundin auf einen Spaziergang und
war traurig, dass diese sich für Wochen auf's Land zurückzog.
Sie schickte ihr eine traumhafte Ansicht von ihrem Garten
mit frisch gemähtem Gras und blühenden Bäumen. Es war
kein Neid, der sie bewegte, doch ein Unwohlsein darüber,
dass dieser Garten wichtiger sein konnte, als ihre Zusammen-
treffen. Aber sie spürte schon, dass es ihrer Freundin nicht
gut ging. Die Hygienemaßnahmen, die der Seuche folgten,
isolierten die Einsamen weiter. Es war Wochenende geworden, doch die Tage waren einförmig. Sie war dankbar, dass
sie in der Physiotherapie berührt wurde. Gleich würde ihre
Tochter vorbeikommen, um einen untergestellten Karton mit
Dingen für ihren Freund abzuholen. Sie bewegte sich nicht

gerne, weil ihre Schulter schmerzte, aber durch die Schonhaltung wurde es nicht besser. Sie würde sich gleich duschen und ankleiden und ihr erwachsenes Kind auf eine Torte oder ein Eis einladen.

Sie lauschte auf die Geräusche aus dem Hausflur. Da war Leben um sie herum. Nachbarn, die liebten und Hoffnung hatten. Wie gerne hätte sie das auch von sich behauptet, aber so betäubte sie nichts vom Gewahrwerden der absoluten Sinnlosigkeit des Daseins. Wenn sie sich ein Wenig ablenken wollte, dachte sie an Hendryk. Dieser junge Mensch, der gescheitert war an der Herausforderung einer Familie. Er war trotz seiner Jugend Vater, durfte sein Kind aber nicht sehen. Verstrickt in seine Fantasien, die ihn sein Leben als Heldengeschichte erfahren liessen, war er nicht in der Lage einen Jungen grosszuziehen. Er war selbst kindlich, wunderschön und verlockend. Sie dachte zärtlich an ihn. Ein Mensch, der ganz grosser Gefühle fähig war. Der ihnen aber auch verfallen war. Es machte sie traurig, dass sie nicht miteinander nach Hongkong losgelaufen waren. Sie hatte kürzlich einen Bericht von einem Geschwisterpaar gesehen, das mit dem Fahrrad so eine Tour nach Shanghai gemacht hatte. Sie hätten einander unterwegs kennenlernen können und heilen. Heilen von der Fremdheit in dieser Welt. Vertrautheit und Vertrauen in einander findend. Doch – genau besehen war jeder Tag Hongkong. Sie befand sich mitten auf einer Reise, war sich aber nicht sicher, ob sie diese nicht nur ihrem Ende näher brachte. Aber war das nicht bei allen Abenteuerreisen so? Das Risiko, dass das Ende der Fahrt nicht das Erreichen eines Ziels im Diesseits war, sondern man nur dem eigenen Ende näher kam. Ehe sie sich versehen hatte, war sie wieder durch

den Torbogen der Sinnhaftigkeit in das Leben zurückgekehrt.
Ja, sie befand sich auf einer Odyssee. Es war mühselig weiter
zu kommen. Sie überblickte nur die nächstliegenden Abschnitte und wußte nicht auf welcher Etappe sie sich befand.
Doch jetzt hatte sie ein Plateau erreicht. Sie war Wochen und
Monate von Felsvorsprung zu Felsvorsprung voran geklettert.
Jetzt lag eine Ebene vor ihr und der geringere Widerstand
liess sich leicht mit Ereignislosigkeit verwechseln. Sie zog
einen grossen Wagen mit Gepäck mit sich – mit Dingen, die
sie auf ihrem Weg brauchen würde. Sie war verletzt und kam
daher nur langsam voran. Sie würde sich noch etwas erholen
müssen, aber jeder Tag war ein zurückgelegter Abschnitt auf
ihrer Reise. Diese Betrachtungsweise erfüllte sie mit neuem
Mut. Es stellte plötzlich nicht mehr die Berechtigung infrage
mit der sie existierte. Nun erlebte sie es nicht mehr als
vegetieren. Nein, sie war auf der Suche nach einer Passage.
Verhalten schöpfte sie Atem. Sie hatte eine Katastrophe überlebt und mußte neue Kraft schöpfen, um ihre Reise fortzu-
setzen. Es würde günstige und weniger günstige Winde geben,
aber sie würde Kurs halten. Hendryk war das Zusammen-
treffen mit einem anderen Reisenden an einer Oase gewesen.
Eine Erinnerung, die sie gerne hervorholen und mit Liebe
betrachten würde, um sich zu stärken. Sie war fasziniert. Mit
ihrer geänderten Sichtweise war Hoffnung zu ihr zurückgekehrt. Nichts schien mehr bedeutungslos, alles diente
ihrem Weg. Nicht das Ziel der Etappen war entscheidend,
sondern das Reisen im Kosmos als Ziel. Auf einmal war sie
angekommen – in der Bewegung – dem Gleiten von Minute
zu Minute. Darüber schrieb sie ein Gedicht, das sie auf ihrem
Blog veröffentlichte. Sie hatte keine Lust vor die Tür zu gehen,

aber das war nicht schlimm, sie mußte ja nicht. Sie befand
sich inmitten ihrer abenteuerlichen Reise. Sie hiess „Leben“.
Dass sie keine Freude mehr an ihren alten Gewohnheiten
hatte, was machte das schon. Sie etablierte neue. Solche die
besser zu ihren jetzigen Gegebenheiten paßten. Sie überlegte
auszugehen, aber die Sonne stand schon so tief, dass sie nichts
mehr davon haben würde. Morgen war auch noch ein Tag. Sie
fühlte die tiefe Falte unter der Brust, aber ein Bedauern gestat-
tete sie sich nicht. Auch die Männer wurden nicht schöner.
Sie hatte schöne Zähne und weissgelocktes Haar. Morgen
würde sie sich's gut gehen lassen und einen Ausflug an den See
machen. Jetzt schonte sie ihre Kleidung. Sie würde aufstehen
und etwas Wäsche waschen. Sie saß – den aufgeklappten
Laptop auf den Knien – auf dem Schwingsessel im Wohnzimmer. Draussen rauschte der Verkehr vorbei. Sie war froh,
dass sie nicht autofahren mußte und streckte ihre Beine auf
dem Hocker vor sich aus. Sie hätte jetzt gerne jemanden zum
Reden gehabt, jemanden, der ihre Gedichte las und genoss.
Aber das war wohl zu anspruchsvoll. Es war also die Lange-
weile, die so tödlich erschien, wenn man ihr keine Geschäftig-
keit entgegensetzte. Der Leidenschaft enthoben fiel ihr wenig
ein, um dem nächsten Moment mit offenen Armen ent-
gegenzutreten, aber sie brauchte jetzt Geduld und Disziplin
für den nächsten Reiseabschnitt, der zwar flacher, aber auch
einförmiger war. Sie beschloß sich etwas zu essen zu bestellen
und freute sich, dass so ein Service möglich war. Sie war sehr
hungrig und war erleichtert, dass sie sich nicht um Etikette
kümmern mußte. Bald darauf kam der Fahrradbote mit der
köstlichen indischen Speise und sie aß mit grossem Genuß. Es
war eine Verschwendung, die ihre Verhältnisse überstieg, doch

die feinen blumigen Gewürze trösteten sie sehr und so be-
unruhigte sie die Grenzübertretung weniger, als die Freude an
dem kleinen Glück überwog. Noch lange schmeckte sie dem
Duft und dem feinen Aroma des frittierten Hefebrotes nach,
als sie wieder an der Tastatur saß. Sie sah einige Minuten
in eine Dokumentation über Hermann Hesses malerisches
Leben. Er war ein Seelenverwandter, aber mit einem solchen
Reichtum konnte sie nicht mithalten. Und mithalten das
wollte sie. Trotz allem Scheitern war sie ehrgeizig geblieben.
Aber heute war sie ja versöhnt. Durch diesen Tag hatte ihr
Leben eine Wendung bekommen. Es war ganz zu ihrem und
bedeutungsvoll geworden. Nicht die Marken, die man auf
seinem Weg hinterliess, waren wichtig, sondern jeder gelebte
Moment und so lange man lebte, gab es keine toten Augen-
blicke. Vielleicht schmerzhafte, vielleicht einsame, aber immer
Abschnitte auf der Strecke zwischen Geburt und Vergehen.
Jetzt würde sie sich etwas zum Anziehen für die nächsten
Auftritte aussuchen. Sie schloß das Fenster des Schreibpro-
gramms und öffnete den Browser. In kurzer Zeit hatte sie
einige neutrale T-Shirts aus Leinen und eine Hose gefunden
und bestellt. Sie wußte, dass die Qualität nicht die allerbeste
war. Sie konnte sie von Hand waschen, um sie zu schonen.
Das würde ihre Lebensdauer verlängern. Sie hatte versucht
wieder leichter zu werden, aber das gelang ihr mit den Medikamenten nicht. Auf keinen Fall jedoch wollte sie einen
Rückfall riskieren, daher kam eine Reduzierung oder ein Ab-
setzen nicht infrage. Man konnte sich aber an den Müßiggang
gewöhnen, den ihr die grobschlächtige Trutzburg der Klinik
aus Beton mit ihren Lichtschlitzen bedeutete. Erzwungen
zwar, aber dann doch erholsam und das Ende der einsamen

Tage, aber halt – da war wieder die falsche Sichtweise. Es
waren selbstbestimmte Stunden auf ihrem eigenem Pfad.

Schweissüberströmt erwachte sie und lauschte verhalten auf die Geräusche, die gedämpft von der Strasse herein
klangen. Die Ringeltaube gurrte und ab und an rauschte ein
Auto vorbei. Ängstlich probierte sie, ob sie ein neues Gefühl
zum anbrechenden Tag haben würde. Sie stellte sich ihren
Kaffee vor, den sie gleich in der Küche am Gasherd brauen
würde, und freute sich auf die leise fauchende Flamme und
den Geruch des Getränks. Das Morgenlicht leuchtete durch
den geöffneten Vorhang gelb herein. Sie griff ihren Computer und schrieb einige Zeilen. Während sie wartete, dass
der Kaffee fertig wurde, sah sie hinaus auf die angestrahlten
Kronen der Linden, mit denen leichte Böen spielten, und
lächelte. Dann kroch sie mit dem fertigen Gebräu wieder
zurück an ihren gewohnten Platz und schrieb weiter. Die
Gedanken daran, was sie morgen zu erledigen hätte, würde sie
noch ein Wenig zurückdrängen. Gestern hatte sie länger mit
ihrem Bruder telefoniert, der über seinen Gesundheitszustand
klagte. Er mußte sich mit anhaltenden Schmerzen und hohem
Blutdruck auseinandersetzen. Sie war besorgt um ihn. Er war
ein geselliger Mensch. Es tat ihr leid, dass er leiden mußte.
Jetzt würde sie aufstehen und sich ankleiden und ihre Tochter
anrufen, um zu besprechen, wann sie sich treffen wollten.
Und dann würde sie für heute aus der Stadt heraus reisen.

Sie hatten sich am Bahnhof getroffen und spontan
beschlossen nicht hinaus zu fahren, sondern am Ufer des
Flusses spazieren

zu gehen. Sie verbrachten Stunden in der Sonne. Auf dem
Fluß war aufgrund der Einschränkungen durch die Pandemie
kaum Verkehr von Ausflugsdampfern und sie fanden viele
Nischenplätze mit Bänken, auf denen sie sich windgeschützt
niederlassen und das Treiben entlang der Ufer betrachten
konnten. Entenfamilien mit ihrem Nachwuchs schwammen
auf dem Wasser, Jogger schnauften an ihnen vorbei und das
helle Mailicht blendete sie. Sie pflückten sich gegenseitig
herabgesegelte Kastanienblüten aus dem Haar. Von der Sonne
begann die Haut auf ihren Lippen zu spannen. Sie flanierten
zum Abschluß auf der Friedrichstrasse und betrachteten die
neuen Modetrends. Viele Schaufensterpuppen trugen einen
Mundschutz als Accessoire. An der U-Bahn beendeten sie ihre
gemeinsame Expedition, winkten sich fröhlich zum Abschied
zu und stiegen in Züge in die entgegengesetzte Richtung. In
zwei Tagen würden sie sich wiedersehen, weil sie gemeinsam
zu einem Betrieb bei Berlin fuhren, der die Tochter zum Vorstellungsgespräch eingeladen hatte. Sie freute sich darauf.
Traumlos schlief sie die Nacht durch und erwachte zeitig
und tropfend von Schweiss am nächsten Morgen. All die
Bedrückungen des Ungewissen lasteten erneut auf ihr. Sie
stand zwar auf, um sich ihren Kaffee zuzubereiten, aber sie
tat es ohne Zuversicht. Der Schmerz in ihrem Arm tat sein
Übriges, um sie geistig zu schwächen. Woher sollte sie die
Kraft nehmen, um die Stille zu durchstehen? Auch, dass es
Millionen anderen genauso ging, war kein Trost, eher eine
zusätzliche Belastung. Verzweifelt kratzte sie den Schlaf aus
ihren Augenwinkeln. Sie war krank, aber nicht ausgelastet. Sie
lebte jetzt ein abgeschiedenes Leben ohne darauf vorbereitet
zu sein. Sie kehrte zu den Gedanken der letzten Tage zurück

und wurde etwas ruhiger. Sie wußte doch, sie hatte auf ihrer
Lebensreise ein einförmiges Plateau erreicht. Sie würde es
zu durchqueren haben, auch wenn die Landschaft nicht viel
Abwechslung versprach. Als abgeschiedener Eremit hockte
sie in ihrer Klause und blickte in ihr Inneres, das ihr voll-
kommen ausgeleuchtet schien und nichts Neues versprach.
Anregungen hatte sie sich bisher von Begegnungen geholt,
aber dies hier war ein abgelegener Landstrich. Wie Robinson
auf seiner Insel, mußte sie für die verstrichenen Tage Kerben
in die Wand ritzen, um die Orientierung nicht zu verlieren.
Immerhin konnte sie diesen Tag als den ersten vermerken, an
dem sie aufgestanden war und nicht hinter ihrer zugezogenen
Gardine verharrte. Sie hatte sich sogar ein Frühstück besorgt,
was nicht ihrer Gewohnheit entsprach. Aber sie aß ohne
Genuss. Leicht konnte sie ihre Zeit mit der Lektüre einer Phi-
losophiegeschichte füllen, die sie sich angeschafft hatte. Aber
der ausschweifende Erzählstil des ausladenden Werkes ermü-
dete sie sehr. Als sie duschte zerfiel die Armatur in ihre Einzel-
teile und war nicht mehr zusammenzusetzen. Glücklicher-
weise konnte sie sich eine Neuanschaffung leisten. Die Tage
vergingen, ohne dass sie einen Ausblick entwickeln konnte.
Sie tat nur das Nächstliegende und war froh, dass sie den
Tag-Nacht-Rhythmus einhielt. Niemand interessierte sich für
sie. Es war der Welt einerlei, ob sie da war oder nicht. In der
letzten Nacht hatte sie geträumt, sie solle geschlachtet werden,
um ein Beet zu düngen. Sie war in eine Falle getrieben
worden. Ein schrecklicher und bedrohlicher Albtraum, der
ihr noch lange nachging. Sie harrte einfach aus. Wenn es
endlich regnete, würde sie wieder hinausgehen. Sie hatte ihrer
Tochter vorgelebt, vieles zu bewahren. Jetzt zogen sie beide

einen beträchtlichen Ballast „Besitz" mit sich. Vieles Erinnerungsstücke ohne weiteren Wert. Fröhlich hatte sich ihr Kind angehört als es am Telefon von seinen Plänen mit seinem Freund in ihrem Urlaub sprach. Mitreissend. Sie wartete auf die Wiederanlieferung ihrer Waschmaschine, deren Reparatur soviel kostete, wie ein gutes Neugerät. Sie hatte sich überrumpeln lassen und war schlecht beraten worden, aber es gab kein zurück. Immerhin war eine Reparatur umweltfreundlicher als ein Neukauf. Unzufrieden strich sie sich durch ihr Haar, das nicht vorteilhaft fiel. Sollte sie sie schneiden lassen? Sie hatte eigentlich vorgehabt, es lang wachsen zu lassen. Aber das Ergebnis sah einfach nur unordentlich aus. Sie konnte sie ja am Hinterkopf zusammenfassen. Das würde ihnen wieder Façon geben. Da sie sich intensiv bewarb, würde sie spätestens bei einem Vorstellungsgespräch gut frisiert erscheinen müssen. Sie ertappte sich wieder häufiger dabei, sich in die Geborgenheit der geschlossenen Psychiatrie zurückzusehnen. In eine Gemeinschaft in der sie zwar als absonderlich galt, aber unter Menschen war. Sang und klanglos war sie aus dem Studium ausgeschieden. Es hatte ihr auch keine Perspektiven eröffnet. Zwar genoß sie die intellektuelle Anregung und sah tiefer in ihre Kultur, aber es bot sich keine Chance aus ihrem Dilemma herauszukommen. Sie brauchte Arbeit und hielt sich gleichzeitig ungeeignet für den Arbeitsmarkt. Sie hätte ihre Haut abstreifen mögen und kratzte nervös am Schorf eines Schnitts auf der Innenseite ihres rechten Daumens.

Ein Jahr war ins Land gegangen. Sie hatte eine Anstellung gefunden und Hendryk zweimal aufgespürt indem sie beim Pförtner des Krankenhauses nach ihm fragte und sich

herausstellte, dass er beide Male für länger untergebracht war.
Dann war er wieder von den Straßen im Häusermeer
verschluckt worden und sie machte sich wenig Hoffnung ihn
je wiederzusehen. Mit einem Freund, den sie Gottt nannte,
war sie zweimal in diesem Jahr verreist. Einmal an die Ostsee
und einmal an die Seenplatte eineinhalb Stunden nördlich
von Berlin. Als sie zurückkam, lag ihr Kündigungsschreiben
im Briefkasten. Sie war so entspannt, dass es ihr nicht viel
ausmachte. Wieder würde sie sich hinter die blauen Vorhänge
zurückziehen und schreiben. Es war sehr heiss und schwül.
Als sie nach der Rückkehr aus dem Ruppiner Land in ihr
eMail-Postfach sah, befand sich darin eine Zuschrift eines
Lesers Ihres Blogs, der wissen wollte, wer den Text über den
Zusammenhang von Regression und infinitem Regress verfaßt
hatte und welche Quellen dazu herangezogen worden waren.
Darüber freute sie sich sehr. Der Leser schrieb, dass er sich in
dem kleinen Beitrag wiedergefunden habe. Der darin
enthaltene Gedanke stammte von ihr und es gab dazu keinen
fremden Originaltext. Als Logikproblem hatte sie den
infiniten Regress im Philosophiestudium behandelt. Selbst-
verständlich hatten Descartes Meditationen einen grossen
Einfluß genommen, aber dass sie mit einem aufgeschriebenen
Gedanken auf Verständnis eines erfahrenen Lesers gestossen
war, bestätigte ihr Bemühen, schriftlich auszuarbeiten, was sie
bewegte.

Da sie in der Nacht zuvor schlecht geschlafen hatte,
ging sie früh zu Bett und ruhte am darauffolgenden Tag
bis zum Vormittag. Sie blieb einen Moment länger liegen
nachdem sie aufgewacht war und sah vor ihrem inneren Auge

noch einmal in die Krone der Erle in die sie am Stechlinsee geblinzelt hatte, um die Lichtreflexe vom Wasser auf den leise im Wind raschelnden Blättern zu beobachten. Das war ein kostbarer Moment gewesen. Sie hatte sich ganz unbeschwert gefühlt und die warme Sommerluft, die sie umfloss, genossen. Die Tage mit Gottt waren überhaupt sehr erholsam gewesen. Gottt war sehr rücksichtsvoll und geduldig. Sie aßen gut und die Zeit floß gemächlich dahin. Es amüsierte sie, wenn er sich lang darüber verbreitete, wie man das Christentum ausrotten könne und er in seinen Ansprachen entwickelte, wie man sie vor die Wahl stellte, entweder abzuschwören oder den wilden Tieren zum Fraß vorgeworfen zu werden. An den Christen störte ihn die Unfähigkeit zum Denken. Darin sah er ein schwerwiegendes, gesellschaftsbedrohendes Problem. Und sie gab zu, dass die Vorstellung von einem Leben nach dem Tod nichts Gutes für das Leben im Hier-und-Jetzt bedeuten konnte.

Heute feierte ihre Tochter ihren siebenundzwanzigsten Geburtstag, morgen begann ihr Praktikum in einem Gärtnereibetrieb und am Ende der Woche standen ihre mündlichen Prüfungen ins Haus. Da sie im Schriftlichen in zwei Fächern durchgefallen war, mußte sie in der Nachprüfung versuchen, die Fünfen auszugleichen. Der Freund ihrer Tochter, der in einem Dorf nahe der französischen Grenze wohnte, war zu Besuch gekommen und begann fröhlich ein Gespräch, als sie zum Geburtstagskaffee bei Ihnen vorbeiging. So plauderten sie ein Weilchen, doch da sie Bauchgrummeln hatte, blieb sie nicht allzu lang. In der Nacht schrieb sie noch ein paar Nachrichten an Gottt und verabredete sich mit ihm

für den übernächsten Tag zum Schwimmen. Am Morgen
erwachte sie wieder spät und bewarb sich, nachdem sie
genüßlich ihren Kaffee getrunken hatte, auf offene Stellen.
Abends war sie mit einer Kunsttherapeutin verabredet, die
eine Website für ihr Atelier brauchte. Sie konnte sich nicht
aufraffen, bei sich aufzuräumen und las ihre Gedichte der
letzten Wochen. Sie waren Dokumente ihrer Gemütszu-
stände, manche gefielen ihr sprachlich nicht mehr so gut, aber
in allen war enthalten, was sie bewegt hatte. In der Nacht
träumte sie viel und war am nächsten Tag müde und ab-
geschlagen. Sie arbeitete zunächst an vergnüglichen Dingen
und rang sich dann durch, ihren Antrag auf Arbeitslosengeld
bei der Arbeitsagentur zu schreiben. Das Treffen mit Gottt
hatte sie auf den Anfang der nächsten Woche verschoben,
da es jetzt trüb war und regnen sollte. Es war dann jedoch
kein Tropfen vom Himmel gefallen. So sehr sie auch darauf
hoffte. Am Abend zuvor hatte sie die Bekannte getroffen, die
Ihr wie erwartet einen Auftrag gab. Da das Atelier, für das sie
ein Logo und eine Website entwerfen sollte, einen schönen,
bildhaften und klingenden Namen hatte, freute sie sich sehr
über die Aufgabe. In diesem Jahr ging der Sommer bereits im
August zu Ende. Es regnete nun viel, war schon recht kühl
und die Tage mündeten bereits um acht Uhr abends in der
Dämmerung. Sie hatte erfahren, wo Hendryk war und hielt
Kontakt zu ihm. Sie videofonierten und sagten sich Zärtlich-
keiten. Er war in einer geschlossenen Psychiatrie in der Pro-
vinz und sie sandte ihm Briefe, Blumen und Geschenke gegen
die Eintönigkeit des Klinikalltags. Als sie ihn einige Zeit nicht
erreichte, erzählte er ihr hinterher, dass man ihn drei Tage
wegen einer Nichtigkeit fixiert hatte. Sie war entsetzt – über

den Richter, der das mitgemacht hatte und die Zustände in
der Klinik. In der darauffolgenden Woche hatte man ihm mit-
geteilt, dass er gut vier Wochen früher, als zunächst gedacht,
entlassen werden würde. Er war sehr unglücklich über seine
Gewichtszunahme und wollte, um die Medikamente loszu-
werden, wieder auf der Strasse leben. Sie informierte sich. Die
Neuroleptika verursachten einen tiefen Eingriff in die Physis.
Wenn man sie abrupt absetzte, lösten sie psychotische und
andere Symptome aus. Es kam also darauf an, mit einem Psy-
chiater zusammenzuarbeiten, der einen bei einem langsamen
Absetzprozess begleitete. Sie machte sich auf die Suche nach
Alternativen zur Standardbehandlung in der Psychiatrie und
fasste den Entschluss selbst einen neuen Weg einzuschlagen.
Hendryk würde nach seiner Entlassung vier Wochen durchhalten müssen und dann würden sie eine gemeinsame Reise
nach Sizilien machen. Sie wollten dort erproben, ob sie sich
aufeinander verlassen konnten und dann ihre gemeinsame
Wanderung über die Kontinentalplatte nach Hongkong
planen. Sie hatte sich das ausgedacht, damit sie beide
gesundeten. Sie wollte Hendryk und sich selbst helfen, einen
eigenen Weg zu finden, um sich mit diesem Leben zu
verbinden. Schon war es September geworden. In diesem
Monat wollte sie eine Qualifizierung machen, um Zeit zu
überbrücken. Zum Ende des August war ihre Arbeitslosen-
geldbewilligung gekommen. Jetzt genoss sie den letzten freien
Tag vor der Schulung. Sie war allein in der Wohnung, weil ihr
Mitbewohner eine Fahrradtour machte. In drei Tagen würde
sie Hendryk wiedersehen. Sie freute sich, war aber auch
nervös. Ihre Medikament hatte sie reduziert und gestern
Bauchschmerzen und Durchfall gehabt. Das war eines der

beschriebenen Absetzsymptome, die eine Reduzierung begleiten konnten. Trotz der Bauchweh hatte sie heute früh Kaffee getrunken und war nun aufgestanden. Jetzt saß sie im Nachthemd in ihrem Schwingsessel im Wohnzimmer und schrieb. Sie stülpte ihre feuchte, warme Unterlippe über die Oberlippe, während sie konzentriert versuchte zu schildern wie ihre Situation und ihre Perspektiven waren.

Wenn sie ehrlich zu sich war, konnte sie sich nicht vorstellen, auf einem normalen Arbeitsplatz zu arbeiten und täglich zu erdulden, unbewegt an Ort und Stelle zu verharren. Andererseits hatte sie auch nicht wirklich andere Aussichten. Mißmutig wärmte sie mit ihren Händen den schmerzenden Bauch. Wer würde sich schon für ihre Geschichte interessieren? Aber, da sie nichts besseres zu tun hatte, schrieb sie weiter. Konnte sie sich wirklich vorstellen, die Mühsal einer endlosen Wanderung auf sich zu nehmen und Europa, die Mongolei und China hin und zurück zu durchqueren? Ohne Geld? Wind und Wetter, Hitze und Kälte ausgesetzt? Und würde Hendryk so klar bleiben, dass sie gemeinsam diese Wanderung durchstehen würden? Ohne ein Gefährt? Nicht einmal ein Auto, als schützende Hülle? Die Unbequemlichkeit, die sie auf sich zukommen sah, bereitete ihr Unbehagen. Wovon sollten sie leben? Konnte sie sich für ein Schreibstipendium bewerben? Sie folgte diesem Einfall und durchsuchte das Internet. Für das einzig infrage kommende Stipendium war die Bewerbungsfrist zwei Wochen zuvor abgelaufen. Sie stand auf, um eine Pause zu machen, sich zu duschen, anzukleiden und einen Tee zu kochen. Nach dem Duschen war sie in die warme Jeans geschlüpft, die sie in den

Trockner gesteckt hatte und hatte sich wieder an die Tastatur
gesetzt ohne ihr Vorhaben, einen Tee zu kochen, umzusetzen.
Sie sah in ihre Nachrichten, freute sich, dass ihre Facebook-
freunde das Gedicht mochten, das sie morgens eingestellt
hatte und versuchte dann Hendryk zu erreichen. Es war früh
am Nachmittag. Sie wußte, dass er bereits zu Mittag gegessen
hatte und es versetzte ihr einen Stich, dass er nicht ans Telefon
kommen wollte. Machte sie sich zu viele Hoffnungen? Sie
sollte es ruhiger angehen und ihn nicht drängen. Er war selbst
unsicher, was er im Leben noch so wollte. Sie sollte keine
Pläne mit ihm machen. Außerdem war er halb so jung, wie sie.
Was konnte ein so bezaubernder junger Mann schon von ihr
wollen? Vor ihrem Fenster erblickte sie die ersten gelben
Blätter in den Linden auf der anderen Strassenseite. Auf der
Balkonbrüstung badeten die Spatzen im Staub der unbe-
pflanzten Kästen. Vom graubedeckten Himmel fiel trübes
Licht auf die Szenerie. In knapp einer Stunde würde sie sich
auf den Weg machen, um mit ihrer Tochter in die wiedereröff-
nete Neue Nationalgalerie zu gehen. Sie hatte eine Woche
zuvor ein Zeitfenster für diesen Tag ergattert. Es wurde heller.
Sie würde jetzt aufstehen und den Balkonpflanzen Wasser
geben und den Kübel auffüllen aus dem die Spatzen tranken.
Eine Schar faustgrosser Federbälle flog auf, als sie sich der Tür
näherte. Die Sonne brach durch die Wolkendecke und sie goß
Tomate, Feige, Thymian, Estragon, Steinkraut, Hopfen und
Zimbelkraut. Da fiel ihr der Tee ein. Thymian würde gegen
die Bauchkrämpfe helfen. Den Tee trank sie, als sie von den
Ausstellungen der Kunst der Moderne und Alexander Calders
zurückgekehrt war und sich bequeme Kleidung angezogen
hatte. Es drängte sie wieder an den Computer. Dort schliff sie

ihre splitterscharfen Gedanken mit Worten rund und
schnürte sie zu handlichen Paketen. Langsam senkte sich die
Dämmerung und sie hörte, wie sich die Haustür summend
öffnete und dann jemand die Treppen hinaufstieg. Die
Bauchkrämpfe quälten sie und sie stand auf um sich Tee
nachzuschenken. Steif stapfte sie mit der Tasse in der Hand
hinüber zu ihrem Bett und sah auf die Uhr. Sie würde die
Nachrichten sehen, noch etwas schreiben und dann früh
schlafen, um morgen pünktlich ihre Schulung anzutreten.
Unter ihrem Fenster hörte sie einen Mann mit einem Kind
scherzen. Aus einem an der Kreuzung wartenden Auto drang
gedämpft Musik herauf. Gottt rief an und sie verabredeten
sich für übermorgen Abend.

Ob sie am Wochenende zu Hendryk gelangen
konnte, hing von einem Gericht ab, das über einen Lokführer-
streik zu entscheiden hatte. Der erste Tag ihrer Qualifizierung
war im Flug vergangen. Zwischendurch hatte ein Recruiter
angerufen, der sie auf eine interessante Stelle in einem grossen
Anwaltsunternehmen vermitteln wollte. Mittags war sie vom
Schulungsstandort nach hause gewechselt. Sie hatte Zu-
ckungen am rechten Augenrand und vermutete, dass auch
dies mit der Medikamentenreduktion zusammenhing. Auf
dem Weg hatte sie ein Makalisandwich gekauft. Doch der
Hunger kniff sie schon bald wieder und sie bestellte Udong
Nudeln. Sie wurde sehr früh müde, ging daher zeitig schlafen
und wachte ein paar Stunden später mitten in der Nacht auf.
Als sie in ihren E-Mails nachsah, hatte sie eine unangenehme
Nachricht von dem Vater ihrer Tochter in der Post. Beleidigt,
dass er nicht in die Schritte einbezogen worden war, die ihrem

Kind doch zum mittleren Schulabschluss verhelfen sollten, weigerte er sich, sich an den Kosten für den Nachhilfeunterricht zu beteiligen. Sie fand die Argumentation albern und teilte ihm das mit, aber sie konnte sein Unterstützung wohl abschreiben. Das Gericht hatte den Streik genehmigt und so konnte sie Hendryk nicht wie geplant besuchen. Sie telefonierte mit ihm. Es ging ihm sehr schlecht. Er hing in einem Tief, fühlte sich durch die Medikamente gequält und war entschlossen, sie so schnell wie er konnte ganz abzusetzen. Sie versuchte ihn zu einem sanfteren Vorgehen zu überreden, aber er ließ sich nur zögerlich auf ihre Argumente ein, daher war sie unsicher, ob sie ihn überzeugt hatte. Um ihn aufzumuntern und sprach sie mit ihm über die Reise im Oktober. Als er hörte, dass sie fliegen würden, freute er sich hörbar. Sie konnte nur hoffen, dass er durchhalten würde und dann, wenn's soweit war, in einem guten Zustand war. Nachdem sie früh wach geworden war, schlief sie noch einmal ein. Das Telefon weckte sie aus ihren intensiven Träumen. Sie besprach sich mit ihrer Tochter, die zum Frühstück kommen wollte, machte sich einen starken schwarzen Kaffee und setzte sich wieder an ihr Manuskript. Der Himmel war grau bedeckt und das trübe Wetter paßte zu ihrer Stimmung. Sie hatte schon jetzt ein schlechtes Gewissen ihrem Kind gegenüber. Sie wollte sie nicht so misslich gestimmt empfangen. Die Bahn hatte sie mehrfach informiert, dass die Züge tatsächlich ausfielen. Akzeptable Alternativen hatte sie nicht gefunden. Das Hotel hatte ihre Stornierung problemlos angenommen. Die Stationsschwester mit der sie gestern gesprochen hatte, wußte nichts von einer bevorstehenden Entlassung Hendryks und fand auch keine Aktennotiz, wie sie etwas süffisant und

machtbewußt mitteilte. Es konnte also gut sein, dass er doch
einen weiteren Monat bleiben mußte. Dann konnte sie ihren
Fahrschein noch zu einem späteren Zeitpunkt verwenden und
ihn in seiner Klause aufsuchen. Bei Ihrer Unterhaltung
gestern hatte Gottt Einwendungen gegen einen Gewalt-
marsch Richtung Hongkong. Er wandte ein, dass das eine sehr
gefährliche Unternehmung sei, bei der man leicht Kidnappern
in die Hände fallen könne und bei der außer Steppe doch
nicht viel zu sehen sei. Sie überlegten andere Ziele. Da sie ja
nicht gleich morgen aufbrechen würden, blieb noch genug
Zeit, den ganzen Plan gut zu durchdenken. Sie war bereit,
einen wohl gemeinten Rat anzunehmen. Ihre Tochter kam
mit ansteckender guter Laune und Leckereien. Nach einem
köstlichen späten Frühstück spazierten sie durch den Park zur
U-Bahn Station. Sie hätte es nicht gerne zugegeben, aber die
Bewegung tat ihr tatsächlich gut, wenngleich die Kolik sie
quälte. Zurückgekehrt in ihre Wohnung wandte sie sich
wieder dem Schreiben zu. Leise und gleichmäßig klapperte die
Tastatur von kurzen Pausen des Nachdenkens unterbrochen.
Sie war froh, dass sie sich für den Rest des Tages nichts
vorgenommen hatte. Der Laptop wärmte ihren Bauch so
angenehm, wie eine Wärmflasche. Sie beschloß ein Gedicht-
über die Verlockungen des Horizonts zu schreiben. Gottt
hatte recht gehabt, Ruhe bereitete ihr Unbehagen. Sich
einfach treiben zu lassen, erlebte sie als Stagnation. Sie hatten
auch über ihr Vorhaben gesprochen, einen längeren Text zu
verfassen und er hatte ihr Orientierung über Textmengen
gegeben. Es war ein grosses Glück, einen Freund zu haben, der
ihre Interessen teilte. Das Gedicht schrieb sie nicht. In
abgewandelter Form hatte sie es bereits viele Male verfaßt.

Sie wollte ein Passendes in ihrem Blog suchen und bei Facebook einstellen. Die Schmerzen hatten etwas nachgelassen und sie las ein wenig in den Gedichten, die andere Autoren in ihrer Poesiegruppe veröffentlicht hatten. Sie würde den Thymian vom Morgen noch einmal überbrühen.
Zögernd schwang sie sich aus dem Bett und stellte den Wasserkocher an. Als er sich abstellte, tappte sie steif durch die Wohnung, um den Tee aufzugiessen. Sie würde gleich noch nach Häusern in Schweden gucken. Da wo die von ihr so geschätzten Romane von Henning Mankell spielten. So viele Jahre war sie nach Schonen gereist. Die Landschaft war ihr vertrauter als die ihrer Kindheit. Dort hatte sie sich zuhause gefühlt – in den sanften Hügeln Österlens, abwechselnd im Nieselregen und frischen, klaren, sonnigen Tagen, umgeben von Nadelholz- und Geißblattduft. Sie konnte noch jetzt in Gedanken, die Tropfen an den Nadelspitzen der Kiefern vor ihr inneres Auge holen und dann stellte sich unwillkürlich ein Lächeln auf ihrem Gesicht ein. Das kleine Holzhaus, das sie rot gestrichen hatten, hatte ihr vielleicht mehr bedeutet, als die vielen gemeinsamen Jahre, die sie mit ihrem Mann geteilt hatte, wenn er auch mit dem Ort verschmolzen war. Sie hatte sich wieder heimatlos gefühlt, als sie es verlor. Das Gefühl nirgendwo richtig hinzugehören war ihr allzu vertraut. Wo sie auch gewesen war, sie fühlte sich lediglich geduldet. Die meiste Zeit war ihre Situation fragil. Im Grunde hatte sie schon als sehr junge Frau gewußt, dass es keine Sicherheiten im Leben gab und daher ging ihr das Schicksal von Flüchtlingen auch so nahe. Ihre Winterreise nach Skandinavien hatte ebenfalls einer Flucht geglichen, aber sie hatte dabei festgestellt, dass heikle Existenzen nirgends

recht willkommen waren. Gastfreundschaft war ein Tauschge-
schäft – entweder man konnte es sich leisten, für sein Leben
aufzukommen oder wurde mißtrauisch beäugt. Entmutigt
von ihren Gedanken hielt sie ihre Pläne für eine kontinentale
Wanderung für keine gute Idee mehr. Und doch – wie gerne
hatte sie vergangenes Jahr Eichendorffs Taugenichts gelesen.
Diese jugendliche Blindheit mußte man aufbringen um in
sein Glück zu stolpern. Als sie Hendryk erzählt hatte, dass es
auf Ihrer Reise gefährlich geworden war, hatte er nachgefragt,
was da denn gewesen sei und teils, weil sie ihm nicht so genau
berichten wollte, teils weil sie durch seine Frage selbst nicht
mehr so recht wußte, was es denn gewesen war, war sie über
diesen Punkt plötzlich unsicher. Schliesslich war ja alles gut
gegangen. Sie war heil und wohlbehalten wieder zurück
gekommen. Ja, sie war in aller Unbedarftheit Hals über Kopf
in dieses Abenteuer aufgebrochen und hatte es gemeistert.
Man hatte sie von einigen ihrer Rastplätze verscheucht, aber
sie hatte die Kraft aufgebracht weiterzugehen. Auch ihre
Tochter Azar war hartnäckig. Seit Wochen setzte sie in winzig
kleinen Schritten ein Riesenpuzzle zusammen. Sie hatte mit
Zähigkeit und Ausdauer reiten gelernt, einen Schulabschluss
und eine Ausbildung gemacht und war trotz ihres Autismus
weitgehend selbstständig. Es war Abend geworden und die
Zeit war beim Schreiben im Flug vergangen. Sie horchte auf
die Geräusche, die von der Strasse zu ihrem Fenster herauf-
drangen. Zum ersten Mal seit Langem fühlte sie sich nicht
schmerzhaft einsam, obwohl sie allein war. Sie machte noch
einmal Tee. Vielleicht konnte man tatsächlich, indem man das
Leben in eine Geschichte wob, Sinn erzeugen. So, wie es
gerade geschehen war. Sie hatte es selbst oft genug erlebt,

wenn sie gute Bücher las. Schriftsteller sponnen mit ihren
Erzählfäden Sinnfäden. Mußte sie, um ihrer Geschichte Tiefe
zu geben, wirklich die schlimmstmögliche Wendung erzählen,
damit sie erzählt war? So wie Gottt zitiert hatte? Über diesen
Punkt war sie nicht sicher. Konnte etwas Schlimmeres
geschehen sein, als der Verlust ihrer jahrzehntelangen
Beziehung mitten in einer physischen Krise? Der Verlust des
Partners mitten in einer Schwächung zwischen drei grossen
Operationen? Sie konnte sich nichts Fataleres vorstellen.
Auch dass dies aufgrund von Verlassenwerden und nicht von
Tod eingetreten war, machte die Umstände unerträglich
schmerzhaft. Sie war verraten worden. Dass sie nicht einmal
ein Abschiedswort oder einen Abschiedsbrief erhalten hatte,
zeigte das Ausmaß der Lieblosigkeit um so deutlicher. Dieser
Verrat hatte eine grosse Leere und Ratlosigkeit in ihr zurückgelassen und war von dem Rückzug vieler Freunde begleitet
gewesen, was sie ebenso tief verletzt hatte. Doch auch in
diesem Fall war sie weitergegangen. Sie war zwar nicht
unverwundet geblieben. Aber sie hatte mehr Kraft aufbringen
können, als die Zurückgelassenen je hatten aufwenden
müssen. Gottt rief an und fragte, wie es ihr ginge und ob sie
vielleicht Lust hätte ihn zu treffen. Sie bedankte sich,
verschob es aber lieber auf ein andermal. Er war ein guter
Freund geworden. Auch sein außergewöhnlicher, etwas
exzentrischer Kleidungsstil gefiel ihr und er verschob damit
etwas in ihr, weil er häufig Röcke trug, wenn sie sich trafen.
Wirklich hatte sie eine neue Freundschaft nach all den
Verlusten schliessen können und das war mehr als sie erhofft
hatte. Ihr fiel ein, dass sie versprochen hatte, ein Buch mit
dem Briefwechsel einer Dichterfreundschaft zu rezensieren.

Sie hatte es erst zur Hälfte gelesen. Das Vorwort hatte die Briefe vor einen biografischen Hintergrund gestellt, der den Briefen eine Einordnung gab und ohne den der leichte Ton der Korrespondenz den falschen Eindruck von Sorglosigkeit vermittelt hätte. Sie las weiter, aber es fiel ihr schwer viel aufzunehmen. Sie war müde, aber nicht schläfrig. Einer ihrer Facebookkontakte hatte auf ein Filmessay über Hermann Hesses Lebensstationen hingewiesen. Er war als Autor und Mensch ein Gigant und manche seiner Werke und Gedichte bedeuteten ihr sehr viel - besonders das Gedicht „Im Nebel", das man von ihm selbst vorgetragen auf einer Website anhören konnte.

Sie konnte noch einen Tag pausieren und ganz mit Schreiben verbringen. Mit dem Kissen im Nacken blickte sie auf den, an den aufgestellten Beinen abgestützten, Monitor des Laptops. Heute waren die Strassengeräusche leiser als in der Woche. Trotzdem hörte sie das gleichmäßige Anschwellen des Rauschens, wenn die Autos an die Kreuzung unter ihrem Fenster heranrollten und wieder anfuhren. Dumpf klang das heisere Bellen eines Hundes herauf. Ein Motorrad knatterte an der Ampel. Sie hatte lang geschlafen und genoss ihren heissen Kaffee. Lieber sollte sie Tee trinken, um ihren schmerzenden Bauch zu schonen, doch sie schätzte ihr Morgenritual. Durch das trübe Glas fielen Lichtstrahlen auf die verstaubten Fensterbretter. Sie konnte sich nicht aufraffen, wieder Sauberkeit in ihrem Zimmer herzustellen. Den Rest der Wohnung hielt sie leidlich in Ordnung, damit ihr Mitbewohner sich wohlfühlte. Die Untermieter wechselten alle paar Monate und sie achtete darauf, dass sie nur einige

Wochen bleiben und die Stadt erkunden wollten. Ihrer Erfahrung nach, waren Mitbewohner, die ein Wenig in Urlaubslaune waren, geeigneter zum Zusammenleben. Wer schon ganz ernsthaft dem Druck des Arbeitslebens ausgesetzt war, war meist weniger leichtherzig. Marc machte seit der Mitte der vergangenen Woche ein Fahrradtour und fuhr von Nürnberg über Leipzig zurück in die Hauptstadt. Sie wußte nicht, wann er wieder eintreffen würde. Er war ein angenehmer junger Mann und stellte keine übertriebenen Ansprüche an sie. Sie wollte die Küche säubern und Brot nachkaufen, da sie seins verbraucht hatte. Sie hatte auch eine seiner Bananen gegessen, die in ein feines Netz gegen Fruchfliegen gehüllt da lagen und langsam vor sich hin reiften. Sie beneidete ihn ein bisschen um seinen Unternehmungsgeist und seine Kraft. Doch schon bald würde sie nach Sizilien aufbrechen und mit Hendryk den Ätna und die Kulturstätten der Insel erkunden.

Eine grosse Fliege irrte summend im Zimmer umher. Sie legteden Computer weg, klappte die Bettdecke zurück und schwang sich auf. Jetzt hätte sie in der kleinen, mittelalterlichen Stadt bei Hendryk sein sollen und ihn etwas aufmuntern. Sie seufzte und ging zum Telefon, um ihn anzurufen. Er hatte gesagt, dass er morgen entlassen werden würde, aber auf der Station hatte man davon nichts gewußt. Das würde sie aber nur vorsichtig ansprechen. Sie redeten kurz, dann putzte sie die Küche und war schon bald wieder an den Computer zurückgekehrt. Sie schrieb Marc eine Nachricht in der sie ihn fragte, wann sie ihn zurückerwarten konnte und trank einen kalten Thymiantee. Noch hatte sie

nicht gefrühstückt und es war bereits mittag. Konnte sie
sich noch eine von Marcs Bananen nehmen und sie kleinge-
schnitten in einem Joghurt essen? Sie zögerte, sie wollte ihren
Mitbewohner nicht verärgern, aber die Bequemlichkeit siegte.
So konnte sie es noch etwas aufschieben, auszugehen und einige Besorgungen zu machen. Hungrig aß sie und setzte dann
wieder ihre Brille zum Schreiben auf. Ihr Blick fiel auf ein
ungleichmäßig dickes, weisses Haar, das neben ihrer Tastatur
auf der dunkelblau bezogenen Bettdecke lag. Es leuchtete in
der Sonne und war ein Beweis dafür, dass ihre Jugend vergangen war. Sie konnte sich nicht daran gewöhnen. Aus ihrem
Gedächtnis waren die meisten Erinnerungen an die Zeit vor
der schmerzhaften Trennung von ihrem Mann verdrängt.
Sie hatte auch ihre Fotoalben in den Keller geräumt. Nur ein
Portrait von sich hatte sie für Hendryk gerahmt. Aber es war
irgendwie verkehrt, ihm ein Bild aus ihrer Jugend zu geben.
Er mochte sie ja jetzt. Um sich an ihr Bild zu gewöhnen, foto-
grafierte sie sich von Zeit zu Zeit. Aber sie war streng in der
Auswahl ihrerSelbstportraits. Einerseits wollte sie sie nicht
schönen, andererseits fiel es ihr schwer, sich mit den Fotogra-
fien zu identifizieren. Das Essen lag ihr schwer im Magen und
gleichzeitig war sie noch hungrig. Sie faltete wärmend ihre
Hände auf ihrem Bauch. In der Küche klappte das Kammer-
fenster mit einem stumpfen Laut auf und zu. Leicht hätte sie
aufstehen und den Sommertag geniessen können, doch sie
hatte keine Eile. Solange Marc nicht da war, konnte sie die
Zimmer- und die Verbindungstür offen stehen und die laue
Luft vom Balkon durch die Wohnung ziehen lassen. Sie hatte
keine Lust jemanden zu treffen, aber die Schmerzen liessen sie
das Alleinsein auch nicht recht willkommen heissen. Eine

innige Umarmung hätte sie jetzt getröstet. Sie dachte an den
kommenden Freitag, dann hätte sie eine Zeugenaussage zu
einer Anzeige zu machen. In ihrer Abwesenheit während ihrer
Skandinavienreise im Winter vor zwei Jahren war jemand
ohne Einbruchspuren in ihrer Wohnung gewesen und hatte
wertvolle Kleidung und antike, silberne Suppenkellen aus der
Biedermeierzeit mitgenommen. Kürzlich hatte sie erfahren,
dass Ihr Mann noch einen Schlüssel zur Wohnung besessen
hatte. Sie hatte den Beweis dafür an die Kripobeamtin
weitergeleitet, die einen Einbruch in ihre Wohnung in diesem
Frühjahr bearbeitete und sie gebeten ihn an die zuständige
Person für die andere Anzeige weiterzuleiten. Jedoch konnte
die Beamtin die Anzeige aus dem vergangenen Einbruch
nicht finden. Ebenso war die Anzeige wegen Tätlichkeit aus
dem Trennungsjahr verschwunden. Damit ermittelt wurde,
hatte sie erneut die Vorfälle, die mit ihrem Mann in Verbin-
dung tehen konnten, zu Protokoll gegeben. Nun wurde sie
hierzu gehört. Die Übergriffe waren perfide, denn sie waren
dazu geeignet sie psychisch zu destabilisieren. Selbst, wenn es
nicht nachzuweisen sein sollte, dass ihr Mann hinter dem
Einbruch von vor zwei Jahren steckte, war es eine massive
Erschütterung, dass er noch nach ihrer Scheidung ohne ihr
Wissen einen Schlüssel zur Wohnung behalten hatte. Gerne
hätte sie diese Vorkommnisse vergessen. Es widerstrebte ihr
der Sache nachzugehen, aber sie sah ein, dass sie es tun mußte,
um sich zu schützen. Sie blickte auf die vom Sonnenlicht
durchleuchteten Blätter des Hibiskus am Fenster in der
anderen Ecke des Zimmers. Die fröhlichen Farben heiterten
sie auf. Sie stand auf, duschte und kleidete sich an. Dann
nahm sie ihren Wohnungsschlüssel und schloß die Tür

sorgfältig hinter sich ab. Der sonnendurchflutete Park war mit Grüppchen, die im Gras saßen, bevölkert und sie liess sich von der sommerlichen Wärme durchströmen. Ihre Schritte schlugen ungefedert auf das Pflaster und so bahnte sie sich ungelenk den Weg über die belebten Bürgersteige. Kurz überlegte sie, ob sie sich in ihrer Lieblingseisdiele ein Eis kaufen sollte, entschied sich aber dagegen. Sie mußte vier Blocks weitergehen, um die geöffnete Bäckerei zu erreichen. Ein halbes Roggenbrot und ein Stück Pflaumenkuchen würden reichen. Sie beobachtete diskret die flanierenden Fußgänger und die entspannt plaudernden Gäste in den Strassencafés. Wenn sie in Ihre Wohnung zurückgekehrt war, würde sie Balkontisch und Stühle entstauben und sich in die Sonne setzen. Sie würde auch nachsehen müssen, ob Hendryk eine Chance hatte, umgeimpft nach Italien zu reisen. Entrückt, wie er war, hatte er sich nicht darum bemüht. Sie war schon jetzt nervös, obwohl sie noch einen Monat Zeit bis zur Abreise hatte. Würde sie alles Notwendige für die Fahrt zusammenbekommen? Marc meldete sich. Er würde am Abend wieder eintreffen. Da der Himmel sich bedeckt hatte, hatte sie den Kuchen gegessen und war wieder ins Bett gekrochen. Heute würde sie nichts mehr unternehmen. Die Schmerzen liessen langsam nach. Sie freute sich auf eine laue Meeresbrise und italienische Lebensart. Es würde schon alles gut gehen. Wenn ihre Abreise doch schon da wäre! Morgens würden sie in einer Bar einen Espresso oder Cappuccino trinken und Gottt hatte ihr empfohlen, die köstlichen sizilianischen Backwaren zu probieren. Hoffentlich waren ihre Bauchweh bis dahin vergangen. Sie war umgeben von Erinnerungsstücken und Besitz, dennoch zog es sie fort. Sie

wollte wieder Leben spüren, einen lieben Menschen im Arm
halten, nur naheliegende Entscheidungen fällen. Ihre Gefühle
zu dem Reiseziel waren zwiespältig. Seit der große Flücht-
lingsstrom über das Mittelmeer eingesetzt hatte, waren ihr
Reisen dorthin als unangemessen und makaber erschienen.
Auch jetzt befand sie sich in einem Dilemma. Wie sollte man
fröhlich durch die Landschaft schlendern, wenn vor ihren
Küsten die Menschen elendig starben? Sie kam sich, wie eine
Verräterin vor. Mußte sie nicht anpacken und so viele, wie
möglich vor dem Ertrinken retten? Aber Hendryk und sie
waren selbst in instabilen Situationen. Weit davon entfernt,
jemandem im Sturm eine feste Stütze zu sein. Dennoch wollte
sie helfen und sie überlegte, wie sie das, über Spenden hinaus,
bewerkstelligen konnte. Mißmutig kratzte sie sich am Kopf.
Sie fühlte sich unbeholfen und lebensuntüchtig. Ihr guter
Wille konnte nicht weiterhelfen. Gerade hatte sie gelesen,
dass Unmengen von Wasser für den Konsum von Zitrus-
früchten und Mandeln allein für den deutschen Markt
aufgewendet wurden. Produkte, die in Mengen in jedem
Geschäft zur Verfügung standen. Einst hatte sie den Markt-
stand eines Ägypters, der mit ägyptischen Zitronen und
Datteln handelte, betreut. Es war ein guter Studentenjob
gewesen und sie mußte die Waren mit einem Ford-Transit
transportieren, der allerdings häufiger nicht ansprang. So
hatte sie das Marktleben kennengelernt. Einige Jahre später
zog sie mit selbsterstelltem Holzschmuck auf den Kunsthand-
werksmarkt. Davon konnte sie einige Zeit gut leben, bis eine
Wirtschaftskrise kam und die Menschen nicht mehr kauften,
nur noch guckten. Sie hatte die Zeit zuvor sehr gemocht.
Während der Woche besorgte sie Material, stellte es zu

Ketten, Armbändern und Ohrringen zusammen und verkaufte ihre Produktion dann am Wochenende. Es war ein sorgloses und freies Leben gewesen. Sie hatte sich ein gutes Fahrrad mit einem Anhänger gekauft und radelte an den Markttagen durch den Stadtpark zu ihrem Stand. In diesen Tagen hatte sie auch Wollkleidung zu schätzen gelernt. Nichts wärmte in der winterlichen Kälte besser. Wenn sie in der Woche an ihrem Werktisch hinter ihrem Fenster saß, klebte, nähte und schweisste, hörte sie die neuesten Hiphop-Schätzchen, die sie in einem CD-Verleih ausgegraben hatte. Einmal beobachtete sie Heiner Müller, der in einem indischen Restaurant auf der anderen Strassenseite speiste. Auch damals war sie alleinstehend und frei gewesen und eine Weile lang ging alles gut. Dann verstand sie, dass sie sich entscheiden mußte, sich entweder zu professionalisieren, was hiess, ihren Schmuck im Ausland fertigen zu lassen oder ihren Stand aufzugeben und ihr Studium abzuschliessen. Sie hatte sich für das Studium entschieden, es aber doch zu keinem guten Abschluss gebracht. Dennoch bereute sie ihren Entschluss nicht. Zu einer toughen Business-Frau fehlte ihr die Kompetenz. Sie handelte im Handwerkergeist, wie Richard Sennett ihn beschrieben hatte und war nicht übermäßig geschäftstüchtig.

Entgegen ihren Gewohnheiten war sie früh am Morgen aufgestanden und dann eilig zum Schulungszentrum gefahren. Die Bauchschmerzen hatten sich gebessert und voller Ungeduld lauschte sie den Ausführungen des Dozenten. Lieber hätte sie ihr Manuskript fortgesetzt, aber sie mußte sich die acht Stunden konzentrieren, denn der

Kurs schloß in vier Wochen mit einer Klausur ab. Außerdem war sie froh einer netten, interessierten Gemeinschaft anzugehören. Auch war der Kursleiter angenehm und sie wollte daher nicht unhöflich sein. In der Mittagspause wechselte sie nachhause und nahm von dort am Nachmittagsunterricht teil. Marc war spät am vorhergehenden Abend zurückgekehrt und sobald sie der Unterricht für diesen Tag geschlossen war, fragte sie ihn nach seinen Eindrücken von der Reise. Er schilderte die Mühsal der letzten Etappe mit schleifenden Bremsen und platten Reifen. Sie lobte ihn für seine Tapferkeit und seinen Unternehmungsgeist. Er hatte etwas gewagt. Sie wäre sich dafür verrückt vorgekommen. Von seinen Einkäufen brachte er ihr eine Tüte Maischips mit, weil sie ihn darum gebeten hatte. Um sicher zu gehen, dass sie wußte wo Hendryk war, hatte sie noch einmal auf der Station angerufen, aber jetzt aßen die Patienten gerade Abendbrot und die Schwester bat sie, es später zu probieren. Sie hatte ein wenig Scheu mit ihm zu sprechen, denn er hatte ja gehofft, an diesem Tag entlassen zu werden und war sicher enttäuscht. Ihr Abendessen bestand aus den Maischips und einem Glas Wasser. Gesund war das sicher nicht. Nebenbei schrieb sie ein paar Zeilen und wurde müde. Als es Zeit war, versuchte sie sich noch einmal bei Hendryk zu melden, aber man liess sie nicht mit ihm sprechen. Sie hoffte sehr, dass man ihn nicht wieder fixiert hatte. Obwohl sie damit gerechnet hatte, machte sie seine Lage betroffen. Sie hätte ihn gerne getröstet. Die Schwester, die den Telefonhörer aufgenommen hatte, bat aber darum, dass sie am nächsten Abend noch einmal anrufen solle. Auch dieser Klinikaufenthalt würde Hendryk wahrscheinlich nicht weiter bringen. Wie er sich selbst erleben mußte – ohnmächtig und sediert, konnte er die Maßnahmen der Klinik nicht akzeptieren. Das war eine gewaltvolle Tortur und er wehrte sich gegen die Vorstellungen, die man ihm aufzwang. Sie glaubte nicht, dass er gefährlich war und daher waren ihr die Einpassungsversuche, die man an ihm exerzierte auch nicht einleuchtend. Es mußte auch einen Weg geben, der auf Vertrauen und Kooperation basierte.

Am nächsten Morgen meldete sie sich für den Vormittag krank. Sie würde von zuhause an dem Kurs teilnehmen, um nichts zu verpassen. Auch die darauffolgenden Tage verpaßte sie zwar nichts, aber die Nichtanwesenheit im Schulungszentrum wurde als Fehlzeit eingetragen. Sie hatte Hendryk erreicht, doch er war sehr in sich gekehrt gewesen. Um ihn aufzumuntern erzählte sie ihm, dass sie bereits das Boarding für die Flüge durchgeführt hatte und tatsächlich freute er sich über diese Nachricht. Die neuerliche Fixierung hatte ihn sehr mitgenommen und er wollte früh schlafen gehen. Ihm fiel die Artikulation schwer und so mußte sie öfter nachfragen, um ihn zu verstehen. Er hatte ihr Mitgefühl. Die Extreme in seinem Leben zwischen vogelfrei und Arrest setzten ihn einer enormen Spannung aus. Wenn er Vertrauen fassen konnte – in sich und in sie, wäre das vielleicht ein Weg aus der Spirale. Seine Ohnmacht wurde zu ihrer. Er ging auch nicht mehr an sein Handy, so dass sie ihm keine kleinen Botschaften schicken konnte. Es war sehr schwierig zu ihm einen stabilen Kontakt herzustellen und nicht ungeduldig zu werden, war nicht weniger schwierig für sie. Er hatte auch zugegeben, dass er einen anderen Patienten ins Gesicht geboxt hatte. Das machte ihn offensichtlich ratlos und sie auch.

Sie wußte nicht, was sie erwarten würde, aber sie wollte am Wochenende zu ihm fahren. Es stand in den Sternen, ob man ihn rechtzeitig zu der Reise entlassen würde und ob er gesund genug werden würde, um einen Anknüpfungspunkt zu irgend etwas zu finden. Aber er hatte auch sie aufheitern wollen und sagte ihr, dass er vor dem Schlafen ein Stückchen von der Schokolade essen würde, die sie ihm geschickt hatte.

Wieder war es Abend geworden und sie überlegte, ob sie ihn anrufen sollte. Sie wußte aus eigener Erfahrung, dass die Kliniktage unerträglich lang sein konnten und Abwechslung gut tat. Als sie schliesslich anrief, schlief er. Sie wünschte ihm in Gedanken, gute und heilsame Träume. Am Wochenende machte sie sich auf den Weg zu ihm und sie verbrachten zwei Stunden miteinander. Sie unterhielten sich und spielten Brettspiele und Schach. Als er müde wurde, brach sie auf. Anders als sie geplant hatte, fuhr sie am selben Tag zurück, denn sie fand kein Zimmer in dem kleinen Ort an dessen äußerstem Rand die Klinik lag. Es war ein unförmiger Neubau inmitten von Feldern und die Station war gesichert, wie ein Gefängnis. Die Krankenpflegerinnen und Krankenpfleger traten mit der Autorität von besorgten Kindergärtnerinnen auf. Das war der Preis für ein, für solche Einrichtungen, relativ gepflegtes Erscheinungsbild, ging jedoch auf Kosten der Selbstständigkeit der Patienten. Auf dem Rückweg zum Bahnhof geriet sie in einen heftigen Regenschauer und durchnäßte durch und durch. Sie mußte in der abgekühlten Luft eine Stunde auf ihren Anschluß warten und war froh, dass der Gedanke an die schöne Begegnung mit Hendryk sie wärmte. In den Tagen danach, war er sehr schläfrig und als sie

ihn wieder erreichte, hatte er sich die Hand gebrochen, weil er
in einer Fantasie die Wand geboxt hatte. Sie sprachen davon,
dass sie die Reise, wenn notwendig verschieben würden, doch
ein paar Tage darauf besserte sich seine Stimmung und es
schien wahrscheinlicher, dass sie fahren konnten. Sie hätte
stornieren oder mit jemand anderem fliegen können, doch sie
wollte nicht, dass Hendryk den Eindruck bekam, er würde
etwas verpassen. Lieber sollte er in Ruhe gesund werden. Man
hatte ihn vertröstet und in Aussicht gestellt, ihn noch länger
da zu behalten. Die Enttäuschung war ihm deutlich anzu-
merken. Sie wollte keinen Druck auf seine Genesung ausüben.
Vielleicht hatte sie es falsch angefangen und die Freude, die
sie ihm hatte machen wollen, verkehrte sich in eine zu grosse
Enttäuschung und Überforderung.

Der Oktober liess sich kalt an. Es würde wohl ein
teurer Winter werden, denn sie mußte mit kostspieligem Gas
heizen. Hendryk war aus dem Krankenhaus entlassen worden
und wieder aus ihrem Blickfeld verschwunden, ohne dass sie
ihre Reise angetreten hatten. Ihr neuer Mitbewohner war, wie
Marc, ein sehr netter junger Mann und die Tage verstrichen
ohne besondere Ereignisse. Es wurde jetzt schon gegen sechs
dunkel und auch tagsüber erreichte die Sonne die Fenster
ihrer Wohnung im ersten Stock nicht mehr. Die Windböen
des ersten Herbststurms hatten in der Mitte des Monates die
gelben Baumkronen der Linden vor den Fenstern weitgehend
entlaubt. An den Wochenenden ruhte sie von den Grafikpro-
grammschulungen aus, die sie begonnen hatte, um ihre
Jobchancen zu erhöhen. Für Anfang November hatte sie eine
Einladung zu einem Vorstellungsgespräch für eine sehr viel-

versprechende Stelle. Bis dahin wollte sie sich gut vorbereiten. Sie hatte außerdem einen Beitrag zu einem Schreibwettbewerb verfaßt. Obwohl das Ende ihrer Geschichte nicht sehr griffig geworden war, hoffte sie dennoch, zumindest platziert zu werden. Sie hatte den Eindruck, so wenig wie sie für ihre Geschichte einen runden Abschluss gefunden hatte, konnte sie allem anderen in ihrem Leben ein zufriedenstellendes Ende geben. Sie fing etwas an, bemühte sich eine Weile darum und verlor dann den Faden. Jetzt, an einem frühen Sonnabendnachmittag, lag sie hungrig unter ihrer Bettdecke und drückte sich vorm Aufstehen und Einkauf. Sie dachte wehmütig daran, wie schön es an den Wochenenden gewesen war, wenn ihr Mann in der Wohnung gewirkt und ein Essen auf den Tisch gezaubert hatte. Sie hatte es sehr genossen, so verwöhnt zu werden. Zurückgeblieben war davon die Gewohnheit sich Essen zu bestellen, die sie sich aber nicht leisten konnte. Eine ihrer Facebookfreundinnen kritisierte diese Angewohnheit als verächtlich gegenüber den prekär beschäftigten Lieferanten und sie mußte auch zugeben, dass es dekadent war. Der Trost, den sie empfand, wenn das gute Essen vor ihr stand, war lächerlich. Sie mußte es schaffen, sich auch ohne Boten zu versorgen. Missmutig zog sie eine Grimasse und beschloss, das Aufstehen noch weiter hinauszuschieben.

Ihr Blick fiel auf den Hibiskus in der Ecke vor dem Fenster ihres Schlafzimmers. Trotz schlechter Pflege wucherte er unermüdlich und mit zuverlässiger Regelmäßigkeit bildete er um diese Jahreszeit grosse, zartrosa Blüten. Er leistete ihr in ihrer Missstimmung freundlich Gesellschaft und war schon

mehrere Jahrzehnte alt. Es grenzte an ein Wunder, dass er all
die Jahre und die vielen bitteren Stunden der Vernachlässi-
gung überlebt hatte und es ihm offensichtlich gut ging. Trotz
ihres Übergewichtes würde sie es nicht aushalten, heute zu
hungern. Daher mußte sie bald aufstehen, sich ankleiden und
einkaufen. Sie hatte Lust auf Luxus, wußte aber, dass sie sich
keinen leisten konnte. Eine Freundin rief an. Da die Verbin-
dung schlecht war, fiel das Gespräch kürzer aus als gedacht.
Morgen würde sie zwei Begegnungen haben. Doch heute war
sie froh, niemandem gegenüber treten zu müssen. Sie dachte
gern an den Mittwoch der zurückliegenden Woche. Ihre
Tochter hatte sie besucht und sie hatten zusammen Kürbisgu-
lasch zubereitet. Das war ein harmonischer und gelungener
Abend gewesen. Sie konnte also noch kochen. Das Zusammenleben mit dem sehr umsichtigen neuen Mitbewohner tat
ihr gut und motivierte sie mehr für sich zu sorgen.

Eine dünne Schicht feiner Eiskristalle hatte Sträu-
cher, Bäume und Asphalt überzogen und funkelte im Licht
der Straßenlaternen. Steif stakste sie über die welligen Granit-
platten auf dem Gehweg. Unter dem Bogen des Seitenein-
ganges der Kirche lagen drei in Schlafsäcke eingemummte
Gestalten. Betroffen beschleunigte sie ihre Schritte und
blickte schnell weg. Sie dachte an Hendryk, der wieder in
der Stadt abgetaucht war und sich ebenfalls mittellos auf
den winterlichen Straßen durchschlug. Sie glaubte, dass sie
aufgeben mußte, sich Hoffnungen zu machen, ihm eine Hilfe
sein zu können. Er wollte sich nicht helfen lassen. Jeder Besitz
und jede Bindung war für ihn Ballast, der ihn behinderte.
Nur der konkrete Moment zählte. Er lebte in seiner Fantasie

und das gefiel ihm besser als das tägliche Kleinklein. Seine
Intensität und Sensibilität hatten sie ja auch angezogen. Hätte
sie ihn anders haben wollen? Ihr weiser Freund Gottt hatte sie
auf den „Lohengrin" hingewiesen. Es war, wie es war und es
war nicht richtig daran zu rütteln. Hendryk hatte sein eigenes
Schicksal. Er lehnte sich gegen die Zumutungen dieses Lebens
auf, wie Gottt richtig feststellte und sie mußte ihn ziehen
lassen.

Wie Asche lag das Grau der Wolken über dem Tag.
Das Jahr zerging in den letzten Zügen. Der Abwasch stapelte
sich in der Küche, doch zum Putzen fehlte ihr die Kraft. Auf
der Strasse unterm Fenster war es heute leiser als gewöhn-
lich. Seit einiger Zeit war ihr, als ob die Jahreszeiten sich
angeglichen hatten. – Die Tage eine Abfolge kalter Tristesse.
Kein Mai leuchtete in die dunkle Stube. Ob Montag oder
Wochenende, alles Einerlei. Nur ihre Opernbesuche mit
Gottt unterbrachen die Monotonie für einen willkommenen
Moment. Ihr fehlten die Worte um auszudrücken, welch' ein
Überdruß über allem lag. Würde sie an irgendwas und sei's
die Menschheit glauben, dann gäbe es Feiertage, aber sie war
Atheistin. All das Brimborium um die traute Familie, war ihr
schal, seit die ihre nicht gehalten hatte, was sie sich davon versprochen hatte. Nur wenige Menschen waren ihr nah. Sie war
für eine Weile wie Popcorn gewesen, das die Hülle sprengte,
aber nun wurde alles wieder unter die Haut zurückgestopft.
Hendryk hatte sie entflammt, doch er wollte lieber einsam
sein. Und wieder zerfiel die Zeit in erbarmungslos voranzu-
ckende Sekunden. Er war erneut auf der geschlossenen Station
untergebracht worden. Wegen der Pandemie durfte sie ihn

nicht besuchen und am Telefon konnten sie einander nicht verständlich machen. Er war in verspielter Laune, konnte mit ihren zielgerichteten Fragen nichts anfangen und legte auf. Sie war frustriert. Sie hofierte ihn und er hatte entschieden, dass es ihm nicht gefiel. Sie hasste ihre Ohnmacht und war wütend – auf Hendryk, auf sich selbst und die Welt, die ihr nicht so antwortete, wie sie es sich wünschte. Sie wußte, dass ihr Trotz sinnlos war, aber ungeachtet der Vergeblichkeit, nagten Wut und Neid an ihr. Wie kam es, dass andere sie einfach zurückliessen und hohen Mutes in die Zukunft gingen? Sie hatten die Kraft und Fähigkeit aus dem Nichts etwas zu schaffen. Ihnen gelang, was ihr versagt blieb. Sie preßte unzufrieden die Lippen aufeinander. Warum ging alles so langsam? Konnte der Schmerz nicht schneller vergehen? Konnte es nicht einfach aufhören? Wieso geriet sie in solch' vergebliches Begehren? Allerdings, wenn sie einen Schritt zurücktrat, erkannte sie, dass es ihr viel besser ging, als in all den Jahren ihrer Ehe. Als sehr junge Frau hatte sie gewußt, dass heiraten eine Falle war, aber sie hatte sich ein Kind gewünscht und so hatte sie sich, auch weil sie nicht gesund war, doch darauf eingelassen. Sie hatte Lieblosigkeit hingenommen, um sich vor den Lieblosigkeiten einer unerbittlichen Welt zu schützen. Sie hatte den Eindruck gehabt, sie könne nicht zurück. In der Unbezogenheit ihrer Beziehung wurde sie auf's Schlimmste verletzt, aber sie fand den Ausgang nicht. Sie waren zwei seelisch Verstümmelte gewesen, die sich hartnäckig aneinander und an den Entwürfen eines Ideals festhielten, um nicht mit sich konfrontiert zu werden. Sie hatten sich bis zur Unkenntlichkeit hinter Gewohnheiten versteckt, sorgsam darauf bedacht, die Beschwörungen des Alltags nicht zu stören. Es gab von allem,

auch regelmäßigen Beischlaf, aber verständigen konnten sie
sich nicht. Und war die Verständigung mit ihrem roter Ritter
nicht ebenso schwierig? Was erhoffte sie sich von diesem
Vagabunden? Sie hatte keine Tränen. Ihr Genick schmerzte,
doch sie wünschte sich noch einmal so verliebt mit Hendryk
zu tanzen, wie sie es auf dem Flur der Krankenstation getan
hatten. Aber sie sah ein, dass diese Sanftheit und Leichtigkeit
nur noch in ihrer Erinnerung existierte. Was ging sie diese
Welt noch an? Wozu sollte sie sich abmühen? Und die Grau-
samkeiten, die man erfuhr, wenn man aufbegehrte, machten
es nicht besser. Man wurde an Armen und Beinen gefesselt
und die Bitte losgebunden zu werden, um sich in Würde zu
erleichtern, konnte einem verwehrt werden. Es genügte, dass
man nachdrücklich gegen seine Gefangenschaft protestierte,
um an ein Bett gefesselt zu werden und ein Knie auf die Kehle
gepresst zu bekommen. Weigerte man sich, sedierende
Medikamente zu nehmen, konnten sie gewaltsam verabreicht
werden. Die Unverbrüchlichkeit der Wohnung galt nicht und
eine Übermacht grober Gendarmerie übergab einen der Gefangenschaft. Der Anlass für einen mehrmonatigen Verschluß
konnte sein, dass man einen Blumentopf vom Balkon im
ersten Stock geworfen hatte. Auch wenn man sich versichert
hatte, dass kein Passant getroffen wurde. Das war der Preis
für ein Pfund zersplitterten Ton, verstreute Erde und etwas
Lärm. Auch die Gewalt, die man durch die Freiheit von Besitz
erfuhr, stand dem nicht nach. Man hatte sich anzubieten und
anzudienen. Dabei galt es, seine Haut geschickt zu Markte zu
tragen und seine Vorzüge anzupreisen. Das war die Freiheit
von Sklaven ohne Herren auf einem Sklavenmarkt. Sollte
einem dies nicht gelingen, war man abgeschnitten von Zu-

spruch und Gemeinschaft. Zwar wurde man vielleicht staatlich alimentiert, aber gesellschaftliche Relevanz hatte man so verwirkt. Man sah dann die, die noch weiter abgeglitten waren und unter Büschen und in Toreinfahrten hausten, als eiserne Drohung einer erbarmungslos zermalmenden Gewalt. Sie stierte in das Halbdunkel ihres Zimmers und wartete darauf, dass sie müde genug wurde, um auf ein Neues in einen traumlosen, erschöpften Schlaf zu fallen.

Sie schlief so viel und lange, wie möglich, um den Tagen nicht begegnen zu müssen. Die Haare standen struppig um ihren Kopf. Sie dachte daran, wie wohl sie sich immer bei ihren Fährüberfahrten nach Skandinavien gefühlt hatte, wenn sie in einer stillen Kabine über das Meer schaukelte bis sie die Küste Südschwedens erreichte und alles nach Zuhause roch und aussah. Diese Stunden waren die reine Erholung gewesen und sie vermisste ihr Häuschen, das Rauschen des Windes in den hohen Tannen und Kiefern, ihren Duft und den perlfeinen, eindringlichen schonischen Landregen. In dieser Abgeschiedenheit konnte sie ihre Sorgen und den Alltag vergessen. Trotz des schmerzlichen Verlustes dieser Idylle, war sie dankbar für diese Zeit. Dort wuchs noch immer das Geissblatt an der Westseite des Häuschens und vom Wohnzimmer auf der Ostseite konnte man die hübschen rot-grau gefiederten Kleiber mit ihrem schwarzen Strich, der vom Schnabel über die dunklen Augen gerade am Kopf entlang verlief, betrachten, wenn sie vor seinen Fenstern die Stämme der Kiefern hinauf und hinab liefen.

Sie war nur Gast gewesen. Das war ihr jetzt schmerzlich bewußt. Ihr geschiedener Mann liess sie für die Kälte büßen, die über seinem Leben lag, seit jener großen Verluste seiner Kindheit. Sie hatte ihm die Vertrautheit und das Vertrauen nicht wiedergeben können, die man ihm genommen hatte, als man ihn im Alter von sechs Jahren aus seiner Familie riss und in eine neue verpflanzte. Sie hatte versucht als guter Kamerad und Geliebte an seiner Seite zu stehen, aber als sie aus der Rolle fiel, hatte er sich schroff abgewandt und sie zurückgelassen. Es war wohl ihrer beider Bedürfnis nach einer Heimat gewesen, das sie so viele Jahre zusammengeschweisst hatte. Die Liebe schien darüber kleingeschrumpft.

Sie dachte an den Rat Gotttes, die Gedanken an ihn zu überwinden und auch jeden Kontakt zu vermeiden. Ihr fiel die anale Vergewaltigung ein, die sie in eine tiefe Krise gestürzt hatte. Wäre sie unabhängig gewesen, hätte sie erkannt, wie ungesund ihre Beziehung war. So hatte sie seine Wut auf ihren nachfolgenden Zusammenbruch weiter in die Krise geleitet. SIE hatte sich schuldig gefühlt. Und auch jetzt fühlte sie keinen Hass, nur eine grosse Leere. Gab es überhaupt Menschen, die glücklich waren in dieser absurden Welt voller Gewalt und Verzweiflung? Ja, sie hatte eine zauberhaft Begegnung mit Hendryk gehabt und in diesem Moment war sie selig gewesen. Darüberhinaus hatte ihre Neugier aufeinander jedoch keinen Bestand gehabt. Sie blickte durch die schlierigen Scheiben ihres Schlafzimmers in die Abenddämmerung. Zuletzt war auch Hendryk grob geworden.

I   hr fiel der Film „Nomadland" und seine Protagonistin

„Fern“ ein. Sie hatte ihn gemeinsam mit ihrer Tochter angesehen. Seine langsame Erzählweise, die Bilder der entvölkerten Landstriche und die Intensität seiner Hauptfigur, die
in Trauer und Einsamkeit gehüllt war, ihre Beharrlichkeit und
Tapferkeit ging ihr nach.